세월은 볼 수 없다

되원은 볼 수 없다

지현경 제5산문집

대양미디어

서문

인생의 삶은 한결같지 않다.
밝고 어두운 삶은 우리들의 숙명이다.
태어나고 가는 것도 나의 운명이다.
누가 세상에 등불을 켜놓고 갈 것인가?
흠 자국은 남기지 말고 살아가야
미래가 밝아진다.
우리 시대 우리들의 그림자도 잘 지우고
튼튼한 원목만 남겨두면 다음 세대들은
그 토대 위에서 희망과 꿈이 잘 펼쳐져
가리라 믿는다.

2022년
옥상 정원에서

| 차례 |

제2부 허전한 마음

제3부 새벽길

제4부 삼륜차 사건

제5부 며느리밥풀꽃

제6부 아버지의 넋

제1부

흘러간 노래

어부의 하루

수평선 저 멀리 어둠 속에 불빛들 어제도 오늘도
바다를 지킨다.
가물가물 바라다보니 날밤을 밝는구나.
찬밥 더운밥도 가리지 못하고 퍼덕이는 오징어 잡아
밥 한술 해치우고 넘실대는 파도와 욕을 보는구나.
올해는 오징어가 대풍어라 만선으로 돌아가 부둣가에
앉아서 파란 물김치와 물회를 탁배기 한 사발로 목을
축이니 선상의 피로가 석양으로 스며든다.
술상 앞에 빈자리는 뉘를 기다리는가?
밤은 깊어가도 그이는 오질 않고 늙으신 부모님 홀로
계시니 오징어 한 줄 들고 집을 찾는다.
십여 일 뱃머리에 머리도 질근질근 축 처진 발걸음을
탁배기가 동무해 주는구나.

가련한 생명

보고만 있으려니 마음만 서글프다.
어찌할까나 뱁새야! 함께 자란 형제들은 벌써
날아갔는데 자리 밑 너만 남아 날지를 못하는구나.
날마다 물어다 준 먹이 몇 점 얻어먹고 버티면서
살다가 날고 또 날아보지만, 날 수가 없구나.
어쩌다가 너는 꼬리도 없이 태어나서 날지를 못하고
나뭇가지에 홀로 앉아서 어미 오기만 기다리는가.
밤새 소낙비 맞으며 밤을 지새우더니만 기진맥진
지쳐버려 땅바닥에 고이 잠이 들었구나.

＊ 우리집 향나무 위의 둥지에서

기다린 비둘기

때만 되면 아침저녁으로 찾아오던 흰비둘기가
웬일이지 며칠 동안 보이질 않는다.
어쩌다가 맘에 없는 검은 옷 애인 만나 검은 점 새끼
비둘기 낳고 홀로 키우느라 한동안 들고 나고
부지런히 물어 나르더니 검은 점 새끼 두 마리 데리고
나를 찾아 왔다.
속없는 새끼 비둘기가 모이 접시를 엎어버려
어미는 어쩔 줄 몰라 하며 계단을 오르락내리락하였다.
흩어진 쌀 다 치우고 다시 올라와서 내 앞에는
어미 비둘기, 반대편에는 새끼 비둘기가 편안하게
먹이 먹는 모습이 나를 행복하게 한다.
그렇게 정이 들었던 흰비둘기 가족이 웬일일까?
말도 안 해주고 소리 없이 떠나 버렸다.

＊ 우리 상가 옥상정원에서

새벽 5시

정신없이 차를 타고 발산초교 앞에 세웠다.
덕원고등학교 앞동산을 홀로 걸었다.
돌아와 옥상정원에 앉아 새鳥친구들 그리며 풀냄새
향기 속에 쌀 한 접시 손에 들고 참새들을 불러모아
노래 듣는다.

나 여기 왔네

가다 보니 먹다 보니 어느새 나이 들어
검덕산 오르던 때가 언제이던가?
나 여기 왔네, 검덕산 정상 새마을지도자탑 앞에 섰네.
볼품없던 어린나무 드문드문했는데 나무숲이 되었네.
사이사이 철쭉꽃, 오리나무, 비탈져 무너진 빈자리는
아카시아 심었지.
볼품없던 우장산이 숲을 이루니 산새 들새 청설모들이
모여들었네.
뱁새도 까치도 등산객들 맞이하네.
세월 참 변했구려, 나도 따라 늙었구려.
팔도의 돌을 모아 도·시·군·구 표지석 묻어놓고
새마을운동 전성기에 전경환 사무총장 힘을 얻어
임야도 사들이고 길도 만들었지.
그 세월이 먼 길 떠나더니 푸른 산이 다 되었다.
임들은 어딜 가고 나만 홀로 앉아서 옛적에 총을 메고
훈련받던 그 친구들 생각이 난다.
내발산초등학교 터에서부터 팍팍 기어오르던 우장산,
그때 그 모습 더듬으면서 푸른 등산길 밟으니
옛 모습은 간데없고 옛 친구도 만날 수가 없네.

아무리 생각해봐도

달력 종이 접어 잘라서 글자 몇 자 쓰고 보니 어릴 적
거름 포대 잘라서 글씨 쓰고 그림도 그렸지.
그때 향수 못 잊어 지금도 그 버릇 못 버린다.
절약인지 아낌인지 쓸만한 종이만 보면 모아두고 쓴다.
배달오는 광고지도 모아두고 글을 쓰고 못 버리는
이 습관이 아끼는 것인가? 근검절약인가?
아무리 생각을 해봐도 노랭이 영감 되었으니 나를
알 수가 없네.
이 버릇 내 버렸으면 벌써 나는 없었겠지.
그래도 남들을 보면 밥도 사주고 술도 잘 사주고
아낌없이 쓰는데 달력 한 장도 버리지 못해 그 위에다
오늘 새벽 문x을 또 여는가.

마을 앞 표지석

깊은 밤 고요한 밤에 고향을 그린다.
1967년 8월 고향 떠난 지 53년 꿈도 희망도 밤마다
그렸다.
수많은 삶의 여정을 가슴에 담고 그렸다.
나도 76세 기우는 해를 따라가며 마을 앞에 남겨 놓을
표지석을 그리고 또 그린다.
우리 살아온 걸음을 남기려 하니 표지석이 작구나.
천년을 지키며 우리들의 삶을 자손만대 전하리,
우리 이렇게 살아왔다고!

새벽을 깨운다

내가 왜요?
이대서울병원에 하룻밤을 입원했다.
지난날 의료사고로 입원했던 일 때문이다.
호흡기(폐)를 다쳐서 고생했었다.
그 세월이 벌써 10년!
잠잘 때 호흡 장애가 있는지 알고 싶었다.
접수는 6월 5일 날 하고 예약 날짜는
2021년 1월이었다.
갑자기 오란다. 이틀 만에 이대서울병원 9층을 찾았다.
호흡기 검사하는 데는 전깃줄을 주렁주렁 달고 잤다.
깨고 자고, 자고 깨고 담당 직원이 날밤을 새웠다.
시간마다 체크해 줬다.
새벽 5시 병원을 나왔다.
발산역 앞에 나와 벤치에 앉아 요것 저것 나 살아온
길을 되돌아봤다.

어릴 적 고향 동무들

나훈아 노랫소리에 고향이 그립구나 흘러간 세월
잡지를 못해 마음만 서글프다.
그 시절 불러 봐도 동무들은 가버리고 나 홀로 떨어진
양말 말리니 어린 시절 내 친구들이 그리워진다.
냇가에 함께 모여 젖은 양말 자갈 위에다 말려놓고
붕어와 피라미를 잡던 그 시절은 어디 가고 내 친구들
불러도 대답이 없구나.
저 멀리서 깔망태 어깨에 걸고 뛰어오는 영국이도
이젠 늙어 고향 찾아 내려왔다 하네.
너나 나나 젊은 시절은 일에 얽매여 사장님 눈치나
보고 허리 펴기가 금쪽이었다.
시간은 가질 않고 해는 중천인데 배는 곯아 힘이 없으니
하던 일이 눈물이었다.

오꼬시와 센베이

시골 동네 구멍가게 앞을 지나갈 때는 눈이
그쪽으로 돌아갔다.
빵긋하게 점방 문을 열어 놓고 과자가 잘 보이도록
유혹해 놓았다.
돈도 없는 나는 과자가 먹고 싶었다.
어머니를 졸라 몇십 환 받아쥐고 점방으로 다시 갔다.
어느 때는 친척들이 오시면 몇 환씩을 주셨다.
그때는 체면도 볼 것 없이 점방으로 뛰어갔다.
오꼬시, 센베이, 남아가시, 눈깔사탕, 박하사탕,
어느 것 하나 빼놓기가 서운했다.
유리통 속에도, 나무통 진열장 속에도 가득가득
채워놓고 파셨다.
이것도 저것도 모두 다 사가고 싶었다.
그러나 손에든 돈은 몇십 환.
방법이 없어 돈만큼만 사 들고 집으로 향했다.
여동생들이 눈이 빠지게 기다리고 있었다.
동생들과 나누고 나는 얼른 입에다 담지 못했다.
손에다 쥐고만 있어도 금방 녹아 없어지기 때문이다.

그렇게 맛난 과자 생각이 왜 떠 오를까?
텔레비전을 보다가 어느 시골 어린이가 저금통을
털어서 동전 2,500원을 들고 3남매가 구멍가게로
기분 좋게 걸어가는 모습이 눈에 들어왔다.
빵을 사는 것이다. 그 빵은 치아가 3개 밖에 없으신
할머니 식사를 위해서란다.
참으로 기특한 장면이었다.
어린 3남매를 보고 나는 하염없이 울었다.

* 오꼬시 : 밥풀과자, 강정
* 센베이 : 일본에서 온 건과자의 하나

동촌洞村이여

마을 앞에 세우는 표지석이 오늘 우리의 사계절을
알린다.
고향을 떠난 그 사람도, 고향을 찾는 그 사람도
몸짓으로 따뜻하게 그 임들을 맞이한다.
수수백년 세월 가도 혼자 남아서 동촌 사람들의
삶을 말해주겠지!
비바람 몰아치고 흰 눈이 쌓여도 우리 마을 지키며
너는 동촌의 역사를 전해주겠지.
천년을 동촌마을 앞에 서서 동네 사람들의 사랑을 받고
천년을 혼자 남아 사랑을 나눠 주리라.
즐거움도 행복도 듣고 보면서 천년을 후손들에게
가르쳐 주리라.
동촌의 애환哀歡도 한몸에 담고 새기며 천년을 웃음으로
인사를 하리라.
자손만대 위대한 우리들의 꿈과 영광을 천년을
가르치니 영원히 빛나리라.

시골 약국집 촌로의 한

딸 두 명을 하늘나라에 보냈다 한다.
어린 초등학생인 딸이 "머리가 아파 학교에
못 가겠어요" 하던 딸을 억지로 보냈다고 한다.
병명은 뇌염.
고통 속에 어린 딸들이 "아빠 나 머리 아파 학교에
못 가겠어요" 해도 아버지는 모르고 억지로
보냈다 한다.
그 곱던 딸을 둘이나 뇌염으로 하늘나라로 보냈다
하니 얼마나 미개한 약사의 삶이었나.
늙은 아버지는 지금도 시골 약방을 운영하면서 통한의
눈물을 흘리고 있었다.

고향마을 표지석

마을 앞 표지석아 너는 오랜 역사를 품에 안고 한 장
두 장 열어가며 후손들에게 한쪽씩 보여주어라, 우리
이렇게 살아왔다고.
외침外侵도 겪고 6·25동란도 치르면서 풀뿌리로 연명했지.
몰아친 한설도 이기고 태풍도 극복하면서 우리는
살아남았다.
살다 보면 만고풍상 다 겪으면서 살아온 우리
2020년 10월 3일 표지석에다 삶을 알리려 하니
만감이 서린다.
100년의 역사 속에 흘린 땀방울이 우리를 살찌게 하였다.
제비 어미가 알을 까서 새끼들은 물어다 준 먹이
먹고 자라 훨훨 창공을 날아가듯 우리도 동촌을 떠나
객지로 나가 살았다. 큰 대가 없이 성실히 살았다.
손에는 일손이요, 옷에는 땀방울이었다.
모질게 버텨온 오늘이 우리는 행복하단다.
오랜 세월 동촌도 모습이 변해가고 주름진 얼굴의
친구들도 하나둘씩 사라져가고, 너는 천년을 지키며
우리 이렇게 살아왔다고 전하거라.
동촌 사람들은 순박하고 성실하게 살아왔다고.

흘러간 노래

흘러간 노래를 들으면 왜 눈물이 날까?
옛적의 이야기를 들으면 왜 그리워질까?
한 구절 한 소절을 들을 때마다 나는 울고 있었다.
그 시절 살아온 나를 떠 올려본다.
슬픔도 잊고 괴로움도 잊고 살아왔다.
그래서 그랬지, 그렇게 살아왔지!
감정이 감성으로 물드니 눈물이 난다.
하세월 살다 보니 흘러간 유행가가 나를 끌어 주었지!

겪었던 지난 일들

강서청소년회관 열린예절학교 교장 시절에 어린이들을
데리고 충청도 충무공 이순신 사당에 현장학습 가던 중
중앙고속도로 수원 근방에서 뒤따르던 봉고차가
비켜달라고 해 추월하게 서행을 해줬더니 약 500m쯤
앞질러 가다가 뒤집혔다. 그들은 거북이 등처럼 뒤집혀
손과 발이 창밖으로 나와 있었다.

내가 회장 임기에 강서구 등촌동 친목회가 부산을
거쳐서 경남 충무로 가던 길에 김포공항에서 비행기가
이륙해 오르다가 바로 추락해 죽는 줄 알았다.
가까스로 착륙해 놀란 가슴 쓸어내린 뒤 다시 다른
비행기로 바꿔 타고 부산 비행장에 내려 충무로 가던
길에 비가 오고 있었다.
우리가 탄 관광버스는 80㎞ 속도로 천천히
남해고속도로를 지나가는데 뒤따르던 15톤 화물차가
비켜달라 깜박깜박 라이트를 켜서 비켜줬더니 바로
앞질러 가다가 미끄러져 콘크리트 중앙분리대를 넘어
반대 방향 도로로 넘어가 운전사는 운전대에 부딪혀
즉사했다.

표지석에 새긴 글

우리 지난날 살아온 흔적들을 추리고 새겨서 말을
전하노라.
깊이 패인 골짜기도 메우고 마을 앞에는 새들이
지저귀며 벌과 나비들도 꽃을 찾아 한가로이 봄을
재촉하였다.
들판에 오곡이 영글어 갈 때는 마을 사람들이
옹기종기 모여 앉아 막걸리도 나누면서 풍요로운 삶이
행복하였다.
짓밟힌 외침도 버티면서 막아내고 동족상잔의 비극도
겪어야만 했다.
유구한 역사 속에 흐르는 세월을 이 작은 표지석에
담으려 하니 나 어린 시절 가르쳐주시던 어르신들이
눈에 선하구나.
후손들이여 우리 이렇게 살았다고 전하노라!

오늘은 기쁜 날

오늘은 뜻깊은 날이다.
새벽 공기와 함께 정숙한 몸과 마음으로 다소곳이
고향마을 표지석에 기도한다.
몇 달 동안 설계하고 쓰면서 미래의 우리 마을
후손들을 생각하였다.
그 정성으로 잘 다듬어 조각하여 드디어 글을
새기는 날이다.
나의 혼신을 담아 남기니 영광이라 하겠다.
후세에 영원히 빛나리라!

제2부

허전한 마음

축구 운동복

차곡차곡 쌓이는 축구 유니폼, 한창때 입고 뛰었던
땀 젖은 팬티와 티셔츠, 가을 문턱 넘나드니 찬밥
신세가 되었구나.
갈수록 둔해지는 이놈의 노구도 버릴 수가 없어서
오늘도 끌고 나간다.
첩첩 쌓이는 이 많은 운동복, 새것 들어오면 회원들
주고, 입은 것들은 버리지 않으니 가방만 배부르다.
다 떨어진 축구화와 스타킹, 장갑들, 사서 쓰고 버리고
사고 이 세월이 46년!
뛰는 운동장도 나라마다 감촉이 달랐다.
축구복 짙어지고 중국, 천진, 하얼빈, 장춘에서 뛰고,
백두산 오를 때는 여기가 하늘인가? 이곳이 천지인가?
함성과 눈물이 사진 속에 물들었다.

골목

좁다란 골목길에 어우러져 사는 사람들끼리
서로가 서로를 위해가며 정이 넘친다.
도시가 개발되고 넓어진 골목길의 사람들은 서로가
나누는 정이 메말라 버렸다.
조상 대대로 내려오는 풍속 따라 살아온 우리는
이웃도 일가도 함께 어우러지며 정이 넘쳤다.
서양식 생활이 안방을 차지해 한 발 앞서 편하지만,
수수백년 우리 생활 풍으로 사노라면 끈끈한 정이
더 깊은 사랑이 아닌가.

추억

산길 걸을 때는 지난날 나를 보고 걷고 또 걸었다.
지게 지고 산길 오를 때는 숨이 차서 언제 내려갈까
한숨 쉬었다.
섶나무(솔가지) 한 짐 베어서 묶어지고 비탈길 내려오면
다리는 후들후들, 해는 산길을 막아섰다.
비는 주룩주룩 어둠을 재촉하고 고무신은 미끌미끌
돌부리에 걸려서 벗겨지면 신발 한 짝 손에다 쥐고
지게 작대기는 옆에다 끼고 어둠 속을 더듬거리며
기진맥진 한 발 두 발 집으로 다가갔다.

모기도 인내심이 있다

한참 동안 정신을 집중할 때 얼굴이 간질간질하다.
탁 치고 또 긁고 몇 번씩 반복한다.
언제 와서 빨았는지 여기저기 샘을 팠다.
하던 일을 멈추고 모기 잡기에 나서면 모기란 놈
살짝 숨어 조용히 기다린다.
한참 동안 찾아보지만, 소리도 없는 놈이
생각에 몰두하면 또 머리 위에서 살핀다.
정신세계를 도청하고 머리 뒤에서,
다리 밑에서 살짝 붙는다.
인간보다 더 발달한 텔레파시가 감청 도청으로 정신을
팔 때 피부세포를 뚫어놓아 김일성 땅굴 공법보다 더
정교하다.
모기들의 인내는 끝이 없어서 잠이 들 때까지,
글에 몰두할 때까지 기다리는 인내심은
사람들보다 더 낫다.

그리운 날들

추석에는 부모님이 생각난다.
옷도 사주시고, 맛있는 음식도 만들어주시고 하던
부모님.
먼 길 떠나셨으니 보고 싶어도 볼 수가 없다.
고향 떠나 타향살이 설움을 이기면서도 부모님이
하시던 말씀에 귀 기울이면서 살아온 수십 년이
훌쩍 가버렸다.
조석 바람이 시원할 때는 들에 나가신 부모님 생각,
오늘도 옛 생각에 허전한 마음 홀로 달랜다.

군마등

세월의 흔적 찾아 돌아본 내 고향!
제주도에 보낼 말들을 동촌의 군마등에서 훈련했다.
외침外侵으로 수난을 겪을 때 말을 육지에서 훈련해
갖다 썼다.
이곳이 장흥군 관산읍 하발리 동촌마을 뒷산 줄기
군마등이다.
훈련된 말들을 배로 실어 건넛마을 고마(도)리 산
중턱에 집결하여 물을 먹이던 우물이 지금도 남아
숨 쉬고 있다.
세월은 가도 흔적은 쓸쓸히 고향을 지키고 흐른다.

동촌마을 표지석

천년을 대변해 줄 마을 앞에 표지석
지난날 100년의 역사를 여기에 담았다.
희로애락 근심 고통 살아온 우리
칼끝에 대창에 총부리에 짓밟혀도
동민들은 서로 위로하고 버티면서 살아남았다.
외침의 수난과 동족상잔의 화마와 피를 흘리면서
우리 마을은 서로 도와 큰 난을 이겨냈다.
그 후손들이 건재하여 세상 빛을 보니
고요한 동녘 햇살에 오늘 이 표지석을 세운다.

＊ 2020년 10월 3일(음력 8. 17) 개천절이 아버지 기일이기도 하다.

둥근 보름달

추석날 바라보는 둥근 보름달
고향에선 부모님이 자식 기다리며 바라보시고
서울에선 자식들이 고향 그리며 바라보고 서 있다.
오늘이 추석!
힘들어서 가뵙지도 못하고 살았다.
완행열차 차비가 없어서 가뵙지도 못하는데
어머님은 자식들 한없이 기다리시다가 우셨다.
아버지는 하염없이 긴 곰방대(담뱃대)만 피우셨다.
언제 오나 우리 새끼들이 눈이 빠지게 기다리시던
부모님!
추석 명절 차례상 앞에 앉아 가슴 태운 둥근 보름달!

세월이 가네

이 풍진 세상이 타향살이를 부르고
비 내리는 고모령이 나를 어둡게 하였다.
포화 속에서 전우의 시체를 넘고 넘어도 포성은
끝이 없었다.
동백 아가씨와 섬마을 선생님 노래가 그나마도 우리를
위로하며 살았으니 힘을 얻어 일하였다.
목포의 눈물도 이별의 부산정거장도 애환을 담고
떠났으니 이 시대 우리들의 슬픈 삶이 아니던가.

표지석

참말로 세월 잘 가네.
넉 달 동안 그리고, 바꾸고, 부시고, 다시 쓰고 하다가
결국에 완성 작품을 준공하고 나니 마음이 허전합니다.
나의 가까운 지인 모두가 함께 기도해 주신
덕분입니다.
먼 거리를 마다하지 않고 함께 가셔서 행사를
빛내주시고 참석 못 한 분은 격려로 후원해 주셔서
조용한 가운데 무사히 마쳤습니다.
천년을 지켜줄 우리 마을 표지석에 함께 해 주셨으니
얼마나 뜻있는 공입니까?
모두가 천년은 무탈하시길 빕니다.
감사합니다.

그리운 부모님

천하가 조용해도 들판은 누렇고 세상이 시끄러워도
황금들녘에는 알곡들이 출가 준비를 하고 있다.
가을 햇살에 시원한 바람이 옛 추억을 나에게
건네다 주는구나!
아버지 떠나시던 추석 뒷날 나를 부르시고 하신
말씀이 고향을 내려갈 때마다 한없이 그리워진다.
먼 훗날을 걱정하시며 3남인 나에게 집안이 화목해야
미래가 있다는 말씀에 호남평야를 지날 때마다,
장흥 땅을 밟을 때마다 아버지 어머니가 그리워진다.

내 고향에

내 고향에 최고 작품 내가 손수 설계하고, 역사도 쓰고, 시도 짓고, 나의 인생관도 그려 넣고, 동네 100년사의 큰 일들과 인물들도 찾아 쓰고, 미래의 후손들께 당부할 말도 하고, 올해 일어난 큰 사건 중 우리나라는 58일 긴 장마로 큰 피해가 있었고, 세계는 코로나19 바이러스로 100여만 명이나 사망한 기록들도 요약해 기록해뒀다.

표지석 돌은 전북 익산시 황등면 지하 100m 깊은 땅속에서 캐낸 돌로 가공하여 1차 2,795자 글도 새겨 두었다.

4개월 동안 수많은 수정과 보안을 거듭하면서 잠 못 이룬 밤을 지새웠다.

자비 8,000만 원으로 만든 대 작품을 기증한 행사이다. 나는 나 자신을 보며 고향 분들도 생각하고 먼저 가신 어른님들을 생각할 때는 눈물이 하염없이 앞을 가렸다. 나 어린 시절 초등학교 5학년 때였다.

여름방학 때부터 동 대표로 농촌진흥회 교육과 4H교육, 축산교육, 돼지와 황소 예방주사와 인공수정으로

흑돼지가 빨간색 돼지 새끼도 낳고 황소는 액체만
주입해 두면 새끼를 낳고 참으로 신기하였다.
이런 온갖 교육을 가르쳐주시고 지도해 주신 분들이
지금 생각하니 고맙고 감사하다.
철이 없던 어린 나에게 돈 800환을 손에다
쥐어주시면서 교육 잘 받고 오라 하시면서 6십 리
먼 거리 장흥읍으로 1주일간의 합숙교육을
어찌 보내주셨을까?
그분들을 다시 생각하게 하는 표지석을 세우니 눈물을
감출 수가 없어 감격하였다.

2020년 10월 3일 지현경 글 쓰다

병원 생활

사물이 흐려졌다가 사라지고 마지막이라는 의사의
말이 거짓말은 아니었다.
두 코로 안 되니 목구멍으로, 그래도 안 되니 목을
뚫어서, 그래도 또 안되니 배 위통을 뚫었다.
이렇게 석 달 동안을 버티었다.
병원을 다섯 곳이나 전전하였다.
첫 번째 의료사고로 죽어 나가니 두 번째 대학병원에서
나를 살려주고 세 번째는 큰 병원에서 여기저기 뚫어
생명을 이어줬다.
참으로 위험한 시기였다.
고비 때마다 순간순간을 넘나들었다.
정신도 놔 버리고 만사는 떴다가 사라졌다가 보이는 것은
병실 안 누가 누구인지? 기력은 아무것도 끈을
잡을 수가 없었다.
그 순간은 오직 모르는 세상을 왔다 갔다 하다가 눈을
떠보고 아득한 소리도 왔다 갔다 멀어졌다 하였다.
경각의 허공을 헤매다가 영원의 세계에서 돌아온
정신은 의사 선생님의 처방뿐이었다.

세상은

세월이 갈수록 산다는 것이 무엇인가?
우리가 사는 것이 모래성 위에 서 있는 것과 같다.
언제 지구가 사라질지 모른다.
다가오는 블랙홀은 끝없이 요동치고 우주는 한순간에
사라질 것인가?
자그마한 태양도 별들도 한순간에 끌려들고 우리는
갈 곳이 어디인가? 흔적마저 남길 수 없다.
독 안에서 먹이 싸움하는 사람들은 언제 눈을 뜰까?
자꾸만 줄어져 가는 인구! 모두가 마지막을
준비하고 있는지!
우주는 회오리….
블랙홀은 이 순간에도 수많은 별을 삼키고 있다.

고향 가던 날

내려갈 때마다 낙엽이 떨어지듯 마을 분들이
안 보인다.
산천초목이 나를 보고 왜 발걸음이 무겁냐고
묻는 것 같다.
바람 한 점 없는 산은 고요하기만 한데 밤 줍는 다람쥐
한 마리 보이지 않는다.
풀은 우거져 바짓가랑이 스쳐대고 가시덤불은 세차게
온몸을 긁어댄다.
헤집고 밀어가며 부모님 산소에 다다르니
아버지 어머니 말씀이 한마디도 안 들린다.
과일과 술잔을 올려놓고 아버지 어머니!
불효자 아들 왔습니다.
몇 번을 절해 봐도 대답 한마디 없으신 부모님!
무거운 발길 돌려 내려오면서 과일도 떡도 산짐승
오고 가는 길섶에다 띄엄띄엄 놓고 걸었다.

동전 1,800원

고향 동촌洞村마을 앞에 세워둔 표지석 좌대 속에
500원짜리 동전 3개, 100원짜리 3개를 좌대 홈 속에
넣고 비석을 세웠다.
1967년 8월 17일 고향 동촌마을에서 쌀장사를 하시는
손순초 아줌마에게 쌀 한 말 값을 빌려서 들고 새벽
첫차로 서울로 올라왔다.
열심히 벌어서 1년 후에 갚아 드렸다.
고마움의 상징으로 동전을 표지석 밑 좌대 홈 속에
넣고 표지석을 세웠다.
동촌洞村마을에 부귀영화와 무병장수를 기원한다.

존경하는 남재희 장관님

눈물이 가슴에서 새고 있다.
하루하루가 다르게 무거운 걸음 걸으시는 장관님
국화꽃이 만발하여 우리 옥상정원에 모셨다.
수십 년 이 자리에 오셨던 길인데 걷기도 어려우시니
눈물이 가슴에서 새고 있다.
존경하는 장관님!
오래오래 건강하셔야 합니다.
소국 향기가 옥상정원을 넘칠 때면 해마다 함께
모시던 김종상 고문님도 전에만 못 하시니 마음이
뭉클하다.
두 분이 나누시는 말씀을 곁에 앉아서 담아 보지만
주옥같은 말씀이라 가방이 넘친다.
5시간이 훌쩍 지나가 버렸다.
모실 때마다 정치와 역사 그리고 생활 속에 재미나는
미담들을 언제까지 들을 수 있으려는지요.
말씀마다 아껴 들어 보지만 가슴속에는 눈물만
새고 있다.

한 발짝도 손을 붙잡지 않으면 어찌할 줄 모르시는
장관님!
내가 누군지 희미한 얼굴 보시고 목소리로 대화를
하시니 발끝까지 눈물이 샌다.
지난날의 멋진 사진도 앞에 두고 말로 설명을
해 드려야 하니 이 일을 어찌해야 합니까?
존경하는 장관님!
건강하게 오래오래 사셔야 합니다.
임이 계셔서 힘이 납니다.
장관님!

허전한 마음

넉 달 동안 여름이 가는 줄도 모르고 오직 표지석에만
매달렸다. 올봄에 집안 동생 지종수가 "형님 동네 앞
표지석 하나 세워주세요!"라고 하였다.
"그래 알았다. 세워주마!"
나는 밤낮없이 그려보고 비석 공장도 가보고 석공들께
조언도 받아 봤다. 그러나 아이디어가 떠오르지 않았다.
혼자서 설계도를 그려보고 오늘 우리가 아니라 미래의
우리 후손들을 생각했다.
무엇을 어떻게 남겨 줘야 할까?
깊이깊이 구상을 해봤다. 지진도 생각해 보고 마모도
예상해 보고 글자 한 자까지 의미를 쉽게 이해할 수
있게 심사숙고하였다.
우리 동네 분들이 평소 하시는 말솜씨로 한 줄 두 줄 써
봤다. 이렇게 표지석을 세우고 끝마치게 되니 허전하다.
그 사이에 집안 동생 지종수가 준공(2020. 10. 3.)을 보지도
못하고 보름 전에 고인이 되었으니 너무나 슬프고
마음이 아프다.

아련한 기억

초등학교 5학년의 기억들이 새삼스럽게 자꾸만
스쳐 간다.
새로 부임해 오신 젊디젊은 총각 선생님이 우리를
부르신다.
"지현경!"
"네!" 하고 나는 얼른 뛰어갔다.
선생님은 우리를 모아놓고 노래 부르며 건반을 치셨다.
나의 살던 고향은 꽃피는 산골 복숭아꽃 살구꽃
아기 진달래~~
따옥따옥 따오기 숲에서 울고~~
기억 속의 가사들이 그때 시절을 그린다.
김성태 선생님의 목소리가 지금도 내 귓전에 들려온다.
정이 넘치는 사랑의 목소리가
장흥관산동초등학교에서….

김성태 선생님

"김성태 선생님 관산동초등학교 제자 지현경입니다.
뒤늦게 찾아보니 돌아가셨다고 들었습니다.
사모님과 전화할 수 없을까요?"
이렇게 후배를 통해 전하니 올해 7월에 작고하셨다
하였다.
김성태 선생님의 첫 부임지가 장흥군 관산면
관산동국민학교로 부임해 오셨다.
우리집이 학교 앞에 담 하나 사이로 붙어 있는
집이었다. 나는 5학년이었고, 항상 따뜻하고 인자하신
선생님이었다.
그림을 잘 그리는 선생님처럼 나도 그림을 잘 그려
칭찬을 많이 받았다.
그리고 선생님께서는 늘 가곡을 부르셨다.
내 고향 남쪽 바다로 시작하는 '가고파', '선구자' 등
많은 노래를 가르쳐 주시고 날마다 학교 교실에서
풍금을 치시며 외로움을 달래시곤 하셨다.
미술 시간에는 들에 나가 고향 풍경을 그리기도
하였다.

언제나 다정다감하시던 선생님이셨다.
그리운 선생님!
너무 늦게 찾았더니 벌써 가셨습니까?
그 옛날이 그립습니다.
선생님 극락왕생하시옵소서.
오늘에야 소식 듣고 인사 올립니다.
천국에서는 더 좋은 삶을 누리시옵소서.
제자 지현경 올립니다.

그날의 추억

1959년 초임으로 관산동초등학교에 부임해 오신
김성태 선생님을 모시고 함께 공부했던 1960년 6학년
어린 시절이 지나가고 61년 졸업 후 잊고 살다가 문득
생각이 나서 찾아보니 새록새록 기억도 나고, 덮어둔
묵은 추억들을 뒤적뒤적 뒤적이니 톡톡 튀어 떠오른다.
아들 김영두 선생이 가져온 책 속에 옛 이야기를
한 점 두 점 글로 남겨 놓으셨다.
사랑하는 제자들과 생활하시던 모습들을 흑백사진
몇 장에 담아 뒀으니 흔들어 깨운다.
몇 말씀 하실 때마다 나의 눈가에서 기쁨들이
요동친다.
'그래, 우리 선생님은 운동도 잘하셨지!'
오시자마자 건넛마을 죽청리에 사는 힘센 형과 집 앞
동산 묘지 벌안에서 한판 대결을 걸었던 장면을
보면서 가슴이 통개통개 뛰었던 기억도 나고
그 시절에는 운동을 잘하면 마을마다 텃세 부리던
형들이 원정 나가 싸움도 했었다.

이런저런 광경들이 선생님 발자취 속에 느껴볼 수가
있었다.

잊힌 기억들을 앞에 앉아서 말씀해주시는 것만 같다.

지난날의 살아온 날들을 조용한 옥상정원에 앉아 다시
찾아본다.

함께 하신 박병창 고문님과 장희구 박사님 내외분,
고 김성태 선생님 큰아들 김영두 선생과 함께 오붓한
점심시간을 약주 두어 잔 속에다 심어두었다.

제3부

새벽길

자리 지킨 우물

동촌을 굽어보는 미륵바위 위에 개미 절터 언제인가
흔적만 남아있네.
개미들 등쌀에 사라진 자리에 기왓조각 몇 개만
나뒹굴고 스님이 마시던 우물만 바위 위에서
세월을 기다린다.
해발 300여 미터 정상을 등에 기대고 천년을
부처님 명호 부르셨던가?
역사도 흔적도 모르는 산꼭대기에 개미들이 득실대던
절이라 언젠가 사라졌다고 입으로 전해오고 있다.

샘 골목

수수천년을 한자리에서 말없이 샘솟는 우물
언제인가 이 자리를 우리 동네 샘 골목으로 명명했다.
천년을 한자리에서 애환도 감내하며 지켜왔다.
여기가 동촌마을의 샘 골목이다.
최고로 오래된 동촌의 토박이 지금도 그 자리에서
묵묵하게 솟아오르고 있다.

밤늦도록

밤늦게 듣는 노래가 향수에 젖은 노래였다.
그 옛날 50~60년도에는 한없이 불러 보고 끝없이
부르던 노래들이었다.
지금은 듣지도 못한 노래들도 나를 감동하게 한다.
깊은 밤을 보내면서 감동을 눈으로 마음속으로
담아내고 있다.

학교가 그리웠다

초등학교 앞에서 자란 내가 중학교를 못 다녔다.
십 리 밖에 중학교를 두고도 보내주시지 않았다.
농사일이 많아서일까? 그 무엇이 있어서였을까?
조카들과 함께 살면서 일만 시켰던 어린 시절이었다.
재혼으로 오신 어머니 자식이라 우리만이 학교를
중단했다.
가슴에 맺힌 한을 안고 흘린 눈물이 팔순을 바라보니
참고 참아내며 살아오던 지난날의 내 심정이 날이
갈수록 깊어만 간다.

보고픈 박종락 친구

오랫동안 소식이 없어 다시 전하네.
우리 함께 뛰던 발산초등학교 운동장
축구할 때 골키퍼는 박종락이가 최고 아니던가!
그 시절 생각이 나서 깊은 밤에 찾았네.

지 의원님 또 붕어빵 사십니까?

늘 듣는 말이었다.
길가에 채소 장사 할머니도 안쓰럽고 골목길 옆
포장마차에서 붕어빵 구워 파시는 아줌마도 안쓰럽다.
지나가다 보면 외롭게 서 있다. 붕어빵 구워서 한 줄로
세워두고 공갈빵도 구워서 또 한 줄 세워두고
물끄러미 먼 산 보며 손님 기다리는 풀빵장수가
오늘따라 추워서 빵틀 가까이 서 있다.
언제 찾아오실까 기다리는 붕어빵 사장님!
오가는 발길마다 바라만 보고 서 있다.
그 순간 나도 그 앞을 지나는데 그냥 가지 못하고
들려서 붕어빵 구워놓은 것 다 주세요, 다~!
한 봉투 3,000원에 다섯 마리, 세 봉투 열다섯 마리
사 들고 돌아서면 내 마음도 사장님도 웃음으로
인사한다.
외롭게 서 있는 붕어빵 사장님 모습이 옛날 고향
오일장에 나가 채소 파시던 우리 어머니를
연상케 한다.

양말 선물

벌써 나도 늙었나 봐. 후배들이 사다 준 각양각색의
양말들을 크고 작은 모양 따라 수십 켤레 모아두고
아까워서 버리지도 못한다.
존경의 선물이요, 사랑의 선물이다.
떨어져 구멍 나도 버리기가 아까워서 출근할 때
신고 나가면 친구들이 깔깔댄다.
속도 모르는 친구들은 나를 보고 웃는다.
술값은 잘 내면서 양말값은 아끼느냐다.
내가 늙어 아끼는가? 그 정 못 잊어 못 버리는가?
사서 신는 양말보다 더 따뜻하기 때문이다.

내 얼굴에 그늘

살다 보면 희로애락이 물결치듯 스쳐 지나간다.
내 얼굴에도 그 물결을 한 줄 두 줄 기록해 두었다.
여느 해는 가늘고 길고 또 한해가 지나갔다.
굵은 주름 새겨 둘 때는 힘들고 괴로웠다.
그때마다 한점씩 줄 크게 그어놓고 고목처럼 덕지덕지
검버섯도 찍어 놨다.
어느 날 밝은 아침에 거울 앞에 바짝 다가선 이 늙은이!
나이테처럼 크고 작은 동글한 줄들이 언제 왔는지
곱던 내 이마에 들어앉아 있었다.

다시 본 글

소리 없는 시간 갈수록 발소리는 멀어지고 들려오는
전화 소리도 안 온 지 오래되었다.
시원한 에어컨도 벌써 챙겨 두었다.
사람이나 기계나 때가 되면 가는 것을 잘 나갈 때는
시끌벅적하고 손 놓을 때는 보이지 않는다.
처량한 에어컨도 처량한 방장도 똑같은 신세다.
갈수록 지고 간 나이가 한없이 무겁기만 한데 볼수록
주름진 얼굴은 줄줄이 골이 패어 있다.
종점에서 헤어지면 다시 만날 수 없는데 사는
그날까지 술 한잔 나누며 즐겨나 보세.
날마다 만나는 그 얼굴도 듬성듬성 보기 어렵고,
지나가는 옛 친구가 찾아오니 이렇게 반가울까?
잊을세라 못 잊을 내 친구들! 언제까지 만날 수
있을까?
나이 고개 넘어 넘어 서산 끝에 걸렸는데 못다 한
인생길 남는 시간이라도 헛되이 버리지 말고
값지게 살아보세.
주고 주고 또 주면서 흔적 하나 남겨두고 후대에
빛이 되어 영원토록 길이 되리라.

나의 예지몽

여름 장마가 한창일 때였다. 꿈속에서 작은아버지가
허름한 옷을 입고 나를 보며 말씀하셨다.
오늘 밤에도 다음날 밤에도 계속 선몽하였다.
그 후 4월 식목일 날이 작은아버지 제삿날이었다.
작은아버지 묘를 이장해 드리자고 사촌 형님께 말씀을
드렸더니 한마디로 웃기는 소리라고 해 버렸다.
그 형님은 그해에 눈이 안 보이게 되었다.
즉시 서울대학교병원에 입원하셨다.
한 달가량 치료 후 퇴원해서 나와 함께 송추
공원묘지로 갔다.
묘를 파헤쳤더니 유골이 검게 썩어 있었다.
약 4m 언덕 높이 위에 모셔놓은 묘지였다.
수맥이 지나가는 곳이었다.
즉시 고향으로 모신 후에는 한 번도 꿈에 보이질
않았다.

아버지 후배인 주경순 어르신은 왜정 때 경찰서장을
역임하셨다.

항상 우리 집에 오셔서 아버지와 말씀을 나누셨다.
아버지가 평소 아끼며 좋아하신 후배였다.
내가 시골에 내려갈 때마다 소주 한됫병 사 들고
찾아가서 인사드리곤 하였다.
그분이 꿈속에서 계속 나타나셨다. 이상해서 그분
아들(초등학교 교사)에게 전화를 걸었다.
"자네 아버지 묘를 찬물 꼬지(생수가 솟는 곳)에 썼는가?"
라고 물었다.
"자네가 와 보지 않고 어떻게 아는가?"라고
의아해 했다.
나는 꿈 이야기를 하고 추석 때 내려가서 보니 생수
솟아난 산자락 바로 위에다 묘를 써놨다.
주 선생은 즉시 이장을 해 드렸다. 그 후로는 한 번도
꿈에 보이질 않았다.

모래알 하나가

수억 개의 모래알이 산을 이루고 1개의 모래알이
모여서 땅을 지탱한다.
우리는 모두 모래알 위에서 살아간다.
제아무리 깊은 물도 모래 위에 있고 제아무리 높은
산도 모래 아래 있듯이
우리는 모래의 고마움을 잊고 산다.
이 소중한 모래알이라도 있어야 할 자리가 아니면
천대를 받는다.
신발에 들어가서 앉아 있으면 온종일 그 사람을
괴롭힌다.
있어야 할 자리가 아니기 때문이다.
사람도 사람다운 사람이라야 한다.
적소에 맞는 사람이 앉아 일을 해야 나라가 발전한다.
사람이 덜된 자가 앉아 있으니 나라가 시끄럽다.

사선을 넘고 넘어

사선을 넘고 넘어 살아나 살고 있다.
생각이 꼬리를 물때마다 눈물이 난다.
당시에는 죽고 사는 것을 무서워하지 않았다.
겁 없는 삶을 살아온 것이 주마등처럼 스쳐 간다.
이 어찌 눈물이 아니겠는가?
등촌2동에서 연탄가스로 막 태어난 첫 딸 아기 덕분에
부부가 살아났다.
총각 시절에는 시멘트 블록벽 단칸방이 너무나
추워서 석유풍로를 켜 놓고 자다가 일산화탄소 가스로
죽다 살아났다.
한 달 동안 기도가 마비되었다.
월급이 박봉이라 약국 약만 사 먹고 병원에 갈 돈이
없어서 가지 못했다.
살아 있어도 말을 못 하고 숨만 쉬었다.
겨울만 되면 목이 잠기는 고생도 수십 년 겪었다.
막내 여동생을 시골에서 데려와 서대문구
예일여상(현, 여고)에 보냈다.

＊ 석유풍로 : 등유를 연료로 하는 풍로

어머님과 여동생이 수색역 뒤 신사동 단칸방에서 시험
치르러 온 그날 밤이었다. 연탄가스로 쓰러졌다.
하늘이 무너진 고통도 겪었다.

초등학교 1학년 때다. 2학년 반편성으로 책상과
걸상을 배정받고 기쁨도 잠시였다.

덩치 큰 반 친구들이 우리가 받은 새 걸상(3인용 나무 의자)을
빼앗으려다가 밀치는 바람에 옆구리를 심하게 다쳐서
늑막염으로 반년 동안이나 사경을 헤맸다.

날마다 부모님 등에 업혀 고통을 이겨내고 그때
새로 나온 페니실린과 테라마이신 덕분에 살아났다.

4~5학년 경 겨울방학 때쯤이었다.

집 앞 실개천에 얼음이 얼어 어둠이 가시기 전에 나가서
아버지 몰래 자작으로(손수) 철삿줄을 두 줄로 깔아 만든
스케이트를 타다가 넘어져 기절해버렸다.

얼마나 지났을까 깨어나 보니 등판이 얼음에 붙어
있었다.

아버지가 무서워 말도 못 하고 몇 달 동안이나 머릿골이
흔들려서 고생을 많이 하였다.

이렇게 한 번 두 번 세 번 네 번 다섯 번째는
홍익병원에서 의료사고로 저승 갔다가
이대목동병원에서 의사 선생님들의 정성으로
다시 살아났다.
무슨 운명인지 기막힌 삶을 생각하니 한없이
눈물뿐이다.
기자가 질문할 때마다 간장을 콕콕 찌르는 말을
물으니 지난날들을 더 깊이 떠올리며 묻어둔 삶의
역경을 다시 찾아보게 하였다.

발산동 사나이

천릿길 떠나온 지 53년 떠돌던 서울 나그네가
강서구에 안착하였다.
신발이 떨어지도록 골목길을 누볐다.
제2의 고향 발산동에서 둥지를 틀고 고향 하발리도
강서구 발산동도 고향을 만들었다.
나 태어난 고향도 나 살아온 고향도 내 인생을
발산동에서 꽃 피웠다.

삶의 각오

먹고 살기가 어려울 때는 너도, 나도 객지로 떠났다.
그래도 살기가 어려울 때는 때를 기다렸다.
추우면 따뜻한 곳을 찾아가고 겨울이 오면
따뜻해지기를 기다렸다.
그들이 오늘날 서울을 발전시키고 대한민국을
빛나게 만들었다.

동짓날

부모님은 새벽에 일어나셔서 몸과 마음을 정갈하게
하시고 동지를 맞이하시었다.
조상 대대로 전해 내려오는 전통으로 살아온 우리 집
부모님은 언제나 정성을 들이셨다.
설에도 보름에도 추석에도 제삿날에도 어느 집
축하 날에도 중요한 행사 때마다 그러하셨다.
1년 열두 달 농사일에 고단하셔도 빠짐없이 지키시며
살아오신 부모님 새벽마다 머리 감고 몸 단장하시고
달달마다 제사를 열두 번 모셔왔다.

아름다움은?

한물간 이 사람이 글을 쓴다고 요것 저것 다 끌어다가
주워 모은다.
쌓아두고 꺼내쓰고 다시 담아두고, 사는 게 뭣이길래
참말로 힘드네.
사랑도 멋지게 못 해본 이 사람 쌓여간 나이 건져
써보지만 쓸데없는 것들만 얼굴 삐쭉거린다.
그래봤자 손 안 잡아주니 글발이 안 선다.
요런 게 이 사람이 살아온 모습이라니까.

잊힌 책 이름

10권, 100권, 1,000권까지는 책 이름 기억을 해뒀는데
이천, 삼천, 사천, 오천 훌쩍 넘어가니 좋아한 책
이름도 아물거린다.
그 속에 앉아 있는 주옥같은 말들이 나를 살찌게 하였다.
하는 일도 편하게 하고 가는 길도 지름길로 가라
하였다.
커다란 물건도 쉽게 옮겨주시고 좁은 길은 양보하라
하였다.
하늘과 땅은 서로 도와 공존하니 천기지기로 우리가
있어 생명을 유지한다 하였다.
하루를 살아도 편하게 사는 길은 외나무다리를
건널 때는 양보와 미덕을 생각하라 하였다.
맛난 음식을 먹을 때도 남을 먼저 배려하라 하였다.
잘사는 방식은 부지런히 배우고 열심히 정직하게
일하라 하였다.
우리가 잘 살아가는 양식은 수많은 책이 손을
잡아주었다.
보고 읽고 쓰고 또 보면 눈을 감아도 앞이 보였다.

새벽길

새벽 6시 운동 삼아 길을 나서 후배가 근무하는
사무실을 찾아가니 벌써 나와 기다리고 있었다.
어떻게 사는지 보고 싶었다.
썰렁한 골목길에는 사람들이 유령처럼 걸어가고
등촌동, 가양동이 태풍에 쓸려간 골목 같았다.
지척이라 해도 만나본 지 오래라 얼굴 한 번 보기 위해
찾아가 봤다.
혼자 근무하는 관리사무실은 썰렁한 거리 모습이었다.
일흔세 살 나이에 시간을 짊어지고 앉아서 손수
따뜻한 밥 해놓고 기다리고 있었다.
둘이 앉아서 막걸리 한 병 곁들이니 옛날의 자취 생활
하던 내 모습이 생각났다.
특별식 밥상은 2020년 12월 24일 크리스마스를 맞아
기념하는 자리였다.
후배가 차려준 밥상은 예수님과 3인이 나누는
밥상이었다.
둘이 앉아 먹는 밥상은 천상의 만찬이요, 두고두고
기억되리라.

처음 가본 호수공원

마곡동 호수공원에 어둠이 찾아드니 공원 등이 켜진다.
아장아장 강아지들을 데리고 나와서 즐거워하는구나.
뜸성뜸성 늘어나는 사람들이 거리두기하면서 열심히
걷는다.
가족끼리 여인끼리 오고 가는 사람들 서로서로
거리 두고 유령처럼 비켜 간다.
하나둘씩 터지는 호수공원 센서 등불도 오가는
사람들에게 불을 켜주고 반갑게 맞이한다.
마스크로 얼굴을 가려 누군지 몰라도 호숫가를
스쳐가는 찬바람만 나를 알아보겠지.

새들도 일요일이 있다

평일에는 출근하면 새들이 먼저 나와 나를 반겨주는데
오늘은 일요일 오전, 10시가 되어도 새들이 오질
않는다.
어제 퇴근할 때 쌀 한 컵 잔디밭 명당에 놔주고 갔는데
새들은 내 마음 몰라 아직도 오질 않는다.

비둘기가 왔다

요놈이 내 마음 읽고 있었다.
나도 혼자 기다리는데 너는 어찌 혼자 왔느냐?
조용한 옥상정원에서 둘이 일요일 아침을 맞는다.

제4부

삼륜차 사건

강서 70대 축구단

저무는 70대 우리가 소리 없이 우장산 축구장에서
멀어져갑니다.
선후배님 여러분!
운동장에서 뛰어놀던 모습이 그립습니다.
똥 볼이 하늘을 날고 땀방울이 유니폼을 적시던
여름날도 그리워집니다.
우장산 운동장의 출입금지, 수명고등학교 운동장의
출입제한 팻말이 회원들을 방콕으로 몰아넣었습니다.
다리와 발을 한 달 동안 가두어두니 힘이 빠지고
걸음걸이도 보폭이 짧아졌습니다.
이런 판국에 회원님들은 뭘 하시는지 궁금합니다.
이 난국을 잘 극복하셔서 건강한 모습으로 만날 것을
기대합니다.
한 분도 빠짐없이 새해 복 많이 받으시고 건강하세요.

아따 지금 몇시여

연말 하루 전날에 뭘 찾는가?
시간!
그래, 뭣하게 찾아?
지금까지 살아왔는데 아까운 시간 그냥 보낸당가?
이것저것 생각해도 오다 가버린다.
사막에서 부모 찾는 거여?
서울역에서 엄마 찾는 거여?
어느 쪽이 쉬운지 말 좀 해주소.
금방 생각나 연필을 드니 달아나버리네.
방금까지 곁에 있더니 찾은 게 없네.
76년 동안 붙들고 배우면서 살았는데
읽고 쓰고 담았어도 스쳐 간 나의 기억 어디다
담아뒀을까?
22년 보던 시곗바늘도 희미해 시침 분침이
잘 보이질 않네.
나 어디 갔나 얼른 일어나보니 새벽 4시가 되었네.

고향 천릿길

그 옛날 고향길 걸을 때는 자연을 모르고 살았지!
가녀린 풀잎 밟으며 걸었어도 아픔을 주는지 몰랐지!
뜰에는 제비들이 먹이 쫓아 오르고 밭가에 종달새가
사랑을 나누고 나는 어머니 따라가 파란 수숫대 꺾어
껍질 벗겨 하얀 속살 씹으며 단물 빨아 먹었지!
행복했던 그 시절 지워져 가지만, 그 밭에는 아직도
어머니 손길이 남아있네.

쉬지 않는 추시계

몇십 년 동안 함께 고생했던 추시계가 멈춰서 조용히
쉬고 있구나.
1977년 지인님께 드리는 추석 선물로 쌀 한 가마 값
주고 산 시계인데
전해드리기도 전에 그분은 바삐 천국으로 떠나셨다.
그 인연을 못 잊어 지금도 소중히 날마다 시계를
바라본다.
다달이 태엽을 감아 밥을 줬는데 손때 묻은 시계가
웬일로 멈춰 서 있는가?
다시 잠 깨워 밥을 주고 바늘 돌려 시간을 맞추니
추시계는 말없이 나와 함께 44년째 쉬지 않고 힘겹게
돌아가고 있다.

여행 속 베트남 몽족들

아시아에 함께 사는 베트남 고산의 몽족들
경사가 급경사라 동물들도 살기 어려운 곳에서
사람들이 모여 살고 있다.
외국인을 처음 보는지 사람들이 어리둥절 놀라서
피한다.
어릴 적 미국 선교사가 시골 학교에 왔을 때 만났던
그때가 떠오른다.
수천 계단 굽이굽이 산다랑치 논과 밭뙈기들 구름위에
떠 있어도 그들은 밝은 미소로 농사를 짓는다.
고산의 몽족들 그들은 누가 와도 가릴 것 없으니
그곳이 천사들의 쉼터가 아닐는지.

캄보디아 농민들

킬링필드 기억들이 캄보디아를 떠올린다.
아름답고 평온한 마을에 악마들이 들어왔다.
닥치는 대로 학살하여 쑥대밭이 되어버렸다.
그들이 가는 길에는 지옥문으로 빠져들고 다시 돌아온
평화는 옛날처럼 조용한 마을이었다.
농민들이 소를 몰아 쟁기질하니 나 어릴 때
쟁기질했던 그 추억이 다시금 떠오른다.

풀린 마음들

새마을운동이 나라 살리고 새마음 가다듬어서 나를
살찌웠다.
나라가 어려울 때 잘 살아 보세를 외치며 너도, 나도
힘을 내서 새벽종을 울렸다.
한 땀 한 땀 헤쳐가니 방방곡곡에 새날이 밝아 삼천리
금수강산에 푸른 산을 이루었다.
우리도 하면 된다, 발전하는 대한민국!
세계 속에 10대 경제 국가가 되었다.
다시 일어나자 힘차게 살아가자!
우리나라 5천만이 세계의 중심국으로….

계림을 가다

계림의 이 강마을 산수화는 인민폐에 실려있다.
강물에 배를 띄워 흐르는 강줄기 따라가다가
나도 모르게 매료되었다.
비경인지 절경인지 화폭의 그림인지 아기자기한 산과
강이 별나라였다.
어우러진 신비에 매료되어 뱃머리에 서서 환상에
빠져버렸다.
여기가 바로 천국 아니던가!

＊ 1992년 김기동 박사와 여행 중.

삼륜차 사건

타는 차는 외바퀴가 제일 위험하다. 두발자전거도 세워둘
수가 없다. 세 발 삼륜차도 앞바퀴가 하나라서 위험하다.
1973년 삼륜차 운전석 머리 위에다 철근 3톤을 싣고
영등포구청 옆 순환도로를 달리던 중이었다.
누군가가 따라붙으며 즉시 차를 세우라고 했다.
손짓하며 다급한 목소리로 외쳐댔다.
아무것도 모르는 우리는 운전사와 둘이서 당황했었다.
운전석 머리 위에는 철근 3t이 출렁거리고 있었다.
앞바퀴 하나로 지탱하며 굴러가는 삼륜 화물차 볼트
6개가 힘을 떠받쳐주고 있었다.
그중 5개가 몽땅 부러지고 없었다. 기막힌 순간이었다.
앞바퀴가 하나인데 볼트도 하나만 남아있었다.
단골 삼륜차는 마지막까지도 우리 목숨을 지켜주었다.
마술사의 곡예와 같았다.
그때 내 곁을 지나던 그분은 누구였을까?
오늘 문득 생각하니 다시 감사의 인사를 드린다.
생사의 길목에서 고마운 당신이 있어 오늘 다시
돌아본다.

사랑의 쌀

호경빌딩 옥상정원에 까치와 까마귀, 비둘기와 뱁새,
박새와 참새들이 나를 찾아온다.
새들의 먹이 주는 낙으로 하루를 시작한다.
늦게 출근하면 먼저 와서 기다린다.
날마다 쌀을 주고 틈틈이 밥도 주고 때로는 고기도
준다. 까마귀와 까치는 고기를 좋아하고 뱁새와 박새는
열매를 잘 먹는다.
비둘기와 참새들은 쌀을 좋아한다.
요놈들 먹이 주는 재미가 하루를 즐겁게 해준다.
1년 동안 주는 먹이는 김신웅 장로님의 사랑 먹이이다.
새들이 늘어가고 먹이는 떨어져 가도 끊을 수 없는
모이 주기는 새들과 약속이요, 즐겁게 살아가는
나의 행복이다.

뭉크 대표작 '절규'

대표작으로 먼저 태양을 그리고 두 번째가 절규란다.
혼자 한 집에서 30년 동안 살면서 그렸단다.
그렸던 그림 중에 민화 1,000여 점, 판화 15,000여 점을
그려 노르웨이 정부에 기증하였다.
내가 만나보고 겪은 귀신이 뭉크가 그려놓은 그림과
똑같았다. 신기했다.
이대목동병원에서 죽다 살아났던 그 순간에 보았던
형상이었다.

패딩 조끼

우리 집 순돌이와 진돌이가 패딩 조끼를 입었다.
춥다고 따뜻하게 패딩 옷을 입혔지.
두 마리 패딩 옷 입고 산책길을 나간다.
나도 없는 패딩 조끼를 강아지도 입었구나.
세상이 변해도 많이 변했다.
동물에게 이름조차 생소한 패딩 조끼라니!

차맛

신이 만든 차도 마시는 사람마다 다르게 느껴질 것이다.
마시는 이마다 가슴에 쌓인 마음들이 다르기 때문이다.
따끈하게 끓인 차의 그윽한 향기와 맛은 선비가 마시면
글 줄이 보이고, 산중의 군이 마시면 고향 집이
그리워진다.
차향과 차맛은 최고의 낙이요, 최고의 기쁨이다.

끊어진 시간

친구와 함께 한참 전화 중이다.
동심의 이야기가 깊어져 가는데 순간 말이 끊어져
버린다. 우리의 삶이 이런 것이다.
다복한 가정으로 행복한 나날을 보내고 있다.
이런 가정이 한순간에 무너져버린다.
행복 곁에는 항상 불행이 따라다닌다.
사업도 이와 같다.
아이들은 천진하게 아무 걱정 없이 행복하게 살아가던
한 가정이 어느 날 갑자기 한쪽 부모가 돌아가셨다.
한순간에 이 가정은 우울한 삶으로 빠져버린다.
불행은 호시탐탐 기회를 노린다.
사람들은 불행을 사전에 예비하지를 못한다.

버려진 종이들

쓰고 버린 종이들이 뒤쪽을 비워놨다.
날마다 거리마다 광고지가 넘쳐난다.
사람들은 광고판 뒷면을 보지 않는다.
그 덕분에 비워둔 공백을 모아서 나는 쓰고 있다.
넘쳐난 광고지 버려지는 폐기물들
재활용을 한 번 더 하면 세 번 사용이 가능하다.
그 속에서 산문집과 시집을 끌어내면 옥동자로
탄생한다.

주고 가네

묵은 때 지워 구름 위에 날려 보내고 쌓인 감정 묶어서
바람에 실어 따라가라 하였다.
1년 동안 방콕이라 지루해 나를 돌아보니 오늘까지
살아온 내 흠 자국들이 줄줄이 얼굴 들어 보였다.
미움도 슬픔도 기쁨까지도 삶 속에 다 묶어서 실어
보내니 벌써 내 나이 한 살 또 채워주고 가네.

정남진이 내 고향

최남단 땅끝에 정남진이 내 고향 마을일세.
걸어서도 천 리 길이요, 차를 타도 천 리 길.
타향 땅 밟아온 지 55년에 110번이나 오르내리니
55년이 가버렸다.
청춘을 잠재우고 눈물도 감추고 그 세월 돌아보니
부모님도 떠나셨네.
어쩌나 내가 갈 길은 방향이 없네.

나의 어머님

세월이 갈수록 어머님이 그리워라.
아버지 수발 들으시느라 고생하시고 자식들 키우느라
고생하시던 어머님!
일하시다가 허리 다쳤어도 참아내시던 어머님!
철없던 우리는 몰랐네, 어머님 마음을!
해가 가고 달이 가니 떠나시었네.
인제 와서 생각나는 나의 어머님!
허리 굽어 걷기조차 힘들어하시던 어머님!
먼저 가신 아버지 곁에서 평안하시옵소서!
불초 소자 설이 돌아오니 그립습니다.
어머님!

이놈의 머리를 봐라

아무리 글을 읽어봐도 머릿속으로 들어오질 않고
아무리 노력해 봐도 눈꺼풀이 슬금슬금 내려온다.
누가 늙으라 했나요? 먼 데서 들려온다.
늙기 싫어서 용을 써보지만 먹히질 않고 요즘은
코로나로 오는 이 가는 이가 별로 없어서 틈틈이
책을 보는데 머리가 그만두잔다.
연필을 들고 주섬주섬 글을 써 봐도 글자 몇 자 쓸만한
것이 없으니 이럴 때는 친구라도 들어오면 얼마나
좋을까?
오늘 건진 몇 글자로 이야깃거리를 만들어본다.
조용할 때 열심히 읽어두면 어딜 가나 몇 년이 가도
척척 이야깃거리가 저절로 나온다.
사람은 누구나 알아야 산다. 쓸 것 못쓸 것 모두
담아두고 골라서 요긴하게 적절히 재미나게 쓰면 된다.
알면서도 눈이 그만하자는데 아까운 시간을 어찌해야
하나 갈수록 쓰기가 힘들다.

고향에 가면

텔레비전에서 방송하는 '남산의 부장들'을 보고 있자니
1967년 가을이 떠오른다.
철이 없던 촌놈이 막 서울에 올라와서 세상을 모르고
겁도 없이 지인의 소개로 남산에 취직하기 위해
신청을 하니 두 달 동안이나 신원 조회가 시작되었다.
우리 마을 이장님과 유지분들이 도와주시고 관산면
면장님과 장흥군 군수님이 신원 보증을 확실하게
해주셨다.
다행히 큰 형님이 교직에 오래도록 몸담고 계셨기에
군내 유지분들과 교류가 좋아 다행이었다.
내가 서울에 올라온 지 몇 달 안 되어 사돈네 8촌까지
신원 조회를 하니 고향에서는 처음 있는 일이라
모두가 웅성웅성하였다.
조사를 다 마치고 나서 나는 남산 ○○○○○ 입구로
가서 책임자를 만났다.
그는 나에게 축하를 하고 마지막 주의사항을 말했다.
며칠 동안 시간을 줄 테니 잘 생각해서 결정하라고
하였다.

나는 고민에 빠졌다. 한마디로 내가 실수해서 나만
죽는 것은 두렵지 않으나 가족들이 걱정되었다.
주어진 시간은 뽀짝뽀짝 다가오는데 혈기왕성한
기백은 어딜 가고 고민하고 고민하다 보니 밤잠을
설쳤다.
그러다가 내 목숨은 두렵지 않으나 가족들을 생각해서
그만두기로 결정했다.
입사를 하면 나는 나를 내려놔야 했다. 나는 없는
것이었다.
돌아서 오는 날 서류 뭉치를 돌려주었다.
가족과 친척들을 조회한 수십 장의 서류였다.
그때 그날이 불꽃처럼 생생히 떠올랐다.

5·18 광주의 의인녀

어두운 밤거리에 군홧발이 광주 거리를 짓밟았다.
나라를 지키는 군인들이 광주시민들을 학살하니
전옥주 여사 그녀가 확성기를 들고 외쳤다.
"광주시민 여러분! 우리가 모두 나서서 광주를
지킵시다."
소리소리 외쳤다.
총탄이 날아와도 두려워하지 않았다.
전옥주 여사 그녀는 민주주의와 자유를 외쳤다.
군이 광주를 짓밟고 시민들을 학살하니
이것이 대한민국인가 전옥주 여사가 외쳤다.
지금도 학살된 시신들을 감추고 있는 그들은
자손만대 그 죄업으로 큰 벌을 받으리라.

제5부

며느리밥풀꽃

생활 속의 샘물

귀를 열어 들으면 멀리서 나는 소리도 들린다.
하지만 사람들은 들으려고 하지 않는다.
가벼운 소리만 듣고 넘긴다.
책 한 권 읽으면 달콤한 줄만 기억한다.
누구나 깊이 있게 읽어보질 않는다.
우리가 사는 것이 이러하거늘
숨겨진 진리를 찾아 읽는 사람이
훌륭한 삶을 살아갈 수가 있다.

종이 한 장 들고

인생길 76년 걸었다.
내가 신은 신이 몇 켤레인지 하얀 백지 위에 걸어온
발자국 그려보리라.
험한 길도 걸어보고 양탄자 위에도 걸어봤다.
하얀 종이 위에 말없이 서서 나는 한없이 울고 웃었다.

도망간 마음

요즘은 따뜻한 아내의 마음을 새삼스럽게 느낀다.
늘어 갈수록 나의 몸가짐을 챙겨주니 어찌 사랑이란
말을 잊을 수가 있을까?
그러나 간혹 아내의 한마디가 내 귀를 슬쩍 거슬린다.
평소엔 하지 않던 말을 가끔 모아서 태클을 걸어온다.
그래도 귓전에서 맴돌다 돌아나간다.
그럴 때마다 묵묵부답 재미없는 소리로 날려 보낸다.
우리는 이렇게 늙어 간다고, 아니 늙어 가는 것이라고!

어린 시절 기억

왜놈들이 도망가고 해방이 된 뒤였다.

방망이 휘두른 순사는 배를 못 타 뒤늦게 도망가고 동네는 어수선하였다.

점방은 텅텅 비고 동각(동 회관)은 주인을 잃고 허물어져 가고 동각 지키는 사람은 거둬준 보리쌀도 못 거둬주니 농사일 해주고 품삯 받아 연명하며 살았다.

하루가 다르게 안정되어갈 때 인민군이 쳐들어와 전라도 땅끝까지 밀고 내려와서 설쳐댈 때였다.

미군들이 B29 비행기로 폭탄을 퍼붓다가 한 개를 농촌에다 잘못 터트려 가뭄이 들어 원동기로 물 품던 곳이 반경 200m나 날아가 버렸다.

우리는 온 식구가 초꽂이 불(호롱불의 방언)도 끄고 보리밭으로 나가서 숨어 있었다.

달은 밝아 사방이 멀리 보이고 폭탄 떨어진 저수지는 직선거리 3㎞라 환히 보였다.

이런 고초를 겪고 난 뒤 얼마 안 가서 한밤중에 온 가족이 고이 잠든 밤에 총을 든 인민군 패잔병이 농구화 발로 가족들 배 위에서 총부리를 겨누며 먹을

것을 내놓으라 했다.

주섬주섬 큰 형님이 싸주니 가만가만 소리도 없이
집을 나갔다.

얼마나 지났을까? 봄이 왔다. 동네 어머니들이 산에
올라가 산나물, 고사리를 꺾던 때였다.

굴바위에서 패잔병 두 명이 바위틈에 숨어서 자고
있었다.

어머니들이 놀라서 혼비백산 동네로 뛰어 내려왔다.

이런저런 일들을 다 보고 겪으면서 오늘까지 살아왔다.

미리 준비해둔 묏자리

아버지께서는 오래전에 묏자리를 미리 잡아두셨다.
유명한 지관들을 모셔다 수고비를 후하게 드리며
자손만대 자자손손 복된 자리를 잡아두셨다.
아버지는 사후에 주무실 관을 짠 판자 나무도 직경
한자 반 이상 소나무를 미리 구해두셨다.
큰 쇠톱 하나 짊어지고 동네마다 돌아다닌 톱장이
아저씨가 우리 집에도 와서 마침 준비해둔 통나무를
판자로 켜서 내려줬다.
이 판자를 그늘에다 오래오래 뒤집어 가면서
말려두셨다. 잘 말려둔 판자(송판)를 전문 대목수를
모셔와 관을 잘 짜 두셨다.
아버지는 이렇게 미리미리 지혜롭게 사후를
준비해두셨다. 철이 없던 자식들은 관심이 없었다.
아버지가 돌아가시니 우왕좌왕하던 차에 아버지가
지혜롭게 맞춰 짜 두신 관을 보고 그때야 아버지의
마음을 알게 되었다.
묏자리도 가묘를 미리 만들어서 준비해두셨으니
우리는 그 뜻을 받들어 잘 모셔드렸다.

후에 어머니가 돌아가셨을 때는 아버지가 나란히
가묘를 써두셔서 편하게 잘 모셔드렸다.
1988년 우리나라에서 세계 올림픽대회가 열려 나는
김포공항 입구 수약국 앞에서 외국인들을 안내하고
있을 때 아버지는 돌아가셨다.
오곡이 무르익고 태풍도 없이 경사스러운 해에
아버지는 90세 일기로 영면하셨다.

며느리밥풀꽃

가난 속에서 살아온 예쁜 아가씨가 부잣집으로
시집을 갔다.
첩첩 시야 눈코 틀새 없이 살아온 며느리가 시부모님
밥을 짓다가 다 되었나 보려고 솥뚜껑 열어서 맛을
보다가 시어머니에게 맞아 죽었다.
시집살이하면서 살아온 며느리가 알콩달콩
살아보지도 못하고 저세상으로 떠나 버렸다.
며느리는 한이 되어 빗물 따라 넋이 되어 내려와서
시어머니 다니는 길가에 꽃이 되어 피었다.

우리 형제자매 위안부들

보면 볼수록 가슴을 친다.
잔인무도한 그 일본인들 어린 여자아이들을 강제로
잡아다가 일본 군인들의 노리개로 위안부로
이용하다니 통곡할 일이다.
지금도 방송 중에 현장 사진을 볼 때마다 어린아이들을
강제로 끌고 가는 광경들을 볼 때마다
악랄한 일본인 그들을 증오한다.
하늘은 더 큰 벌을 내리지 않는가?
그 틈에서도 왜놈들의 앞잡이 했던 후손들 그들은
누구인가?
그들도 함께 천벌을 내려주소서.

시골 농부

아따(잠시) 좀 쉬었다가 하잔께(하자니까)?
봄에는 해가 길어서 세껏(간식참)도 먹고 합시다.
그랑께(그러니까) 시간 끌지 말고 먹을라믄(먹을려면)
허천나게(빨리빨리) 묵고(먹고) 싸게싸게(빨리빨리)
해불고(하고) 오소.
요놈에 호맹이(호미)가 작것이(호맹이) 쓰든 건디(쓰던 것인데)
모가지(목이)가 딱 부러져 부렀네.
원매(아니) 요것도(이것도) 안 못 쓰것는가 밸라도(별나도)
고놈은(그놈은) 쓸만하네야.
오늘 저녁은 가서 괴기(고기)도 사다가 푹 좀
해노소(푹 익혀놓소).
기운이 없어서 일을 못하것네(일을 못하겠네).
저그저(저기저) 길동이네(동네아이이름) 아범(아버지)은 늘
괴기(고기) 사다가 먹은께(먹으니까) 힘이 벌떡벌떡(힘이 넘치게)
한단말시(한단말이요).
오늘은 거그까장(거기까지) 일을 끝내고 일찍 들어가서
한 잔씩 하고 들가소(가세요).
폴세(벌써) 순덕이네(동네 여자아이 이름) 기뚝(굴뚝)에

뇡갈(연기)이 안 나는가?

그랑께(그러니까) 우리도 얼른(빨리) 가잔께(가자니까).

호맹이(호미)도 챙기고 큰 방 쇳대(열쇠)도 호랑(호주머니)에

담고 보지란이(부지런히) 일 끝내고 들어오소(오세요).

아제(일해주는 일꾼)는 힘없이 대답한다.

야! 알었서라우! 알았당께요!

이 고개

농사철에는 크고 적은 돈이 많이 필요했다.
농기계 수리비와 농약 구매비, 씨앗 구매비와 비료
구매비도 필요했다.
농촌에서 돈을 만져보기란 여간 힘든 일이 아니었다.
쌀을 팔지 않으면 돈을 만져보기가 어려웠다.
어린 시절 나는 쌀을 몇 말 지고 십 리 장터로 나갔다.
고무신을 신고 돌부리를 밟으면서 걸었다.
너무나도 발바닥이 아프고 힘이 들어 여러 차례
쉬어 가며 숨이 차게 걸었다.
제일 쉬는 바탕(힘든 고개)이 양촌 고개였다.
가까이에 다가가면 너무나도 힘이 들었다.
첫 번째 고개에서 한 번 쉬고
두 번째 쉬는 바탕(힘든 고개)에서도 또 한 번 쉬어 갔다.
4㎞를 걸어서 오일장 시장터에 내다 팔았다.
남창 앞을 지날 때쯤에는 자갈길이 어찌나 긴지
다리가 후들후들 떨렸다.
장터에 다 와 가면 징검다리 냇가도 죽을힘을 다해
건너야 했다.

물이 적을 때는 고무신을 들고 바지 걷고 자갈을
밟으며 물을 건넜다.
이 일은 나에게 숙명이었다.
막내아들로 늙으신 부모님을 모시고 살아야 했기에
어린 시절의 힘들었던 기억이 이 고갯길이었다.

병원

병원 갈 때마다 병원 올 때마다 반갑지 않은 것은
누구나 같은 마음일 것이다.
아무리 건강해도 검사를 해보면 구석구석마다 때가
끼어있고 순환기 길목에 흠 자국들이 보인다.
아이고 허리야, 아이고 다리야!
살다 보면 과로해서 머문 곳이 아프다.
출렁출렁 흔들흔들 이 몸뚱이도 같아서 성한 데가
없으니 병원이라면 그저 그저 가기가 싫어진다.

총기 빠진 사람들

병원 대기실에 줄지어 앉아서 서로가 말문 닫고
거리두기를 하고 있다.
표지판에는 앉지 말라 했는데도 그 자리에 앉아서
다른 사람보고 앉지 말라 한다.
병원 올 때부터 총기가 다 빠진 사람들이라 앉을
자리도 구분을 못 한다.

전세방

날마다 전세방으로 방값 집값이 사다리를 탄다.
인구는 줄어가고 집값은 오른다.
1960년대는 전세방 하나 부엌 하나에 화장실은
공동 화장실이었다.
따뜻한 구들방에 연탄 2개로 겨울 밤을 지새웠다.
단칸방에서 먹고 자고 살았어도 행복했었다.
보증금도 저렴하고 월세도 부담이 없었다.
시멘트 벽돌 방에는 하얀 성에가 끼고 윗목의
물그릇에는 얼음이 얼었다.
오늘을 위해서 우리는 혹한도 견디며 버티고 살았다.

없어진 모래밭

1969년 한강 속의 모래섬에서 빈총을 들고 한복판을
팍팍 기던 날이 있었다.
팔꿈치는 다 까지는데 구령 소리는 더 크게 들렸다.
향토예비군 마포 중대원, 동교동 우리는 허기진 배를
움켜쥐고 죽기 살기 뛰었다.
그날의 그 자리가 빌딩 숲으로 변했다.
수많은 사람이 갈 때마다 바뀌고 앉아 있는 분위기는
여유로웠다.
국회의사당 뒷마당에서 발산조기축구 팀과 의사당
직원들이 시합했던 그 친구들은 다 어디로 가고
기억들은 저무는데 어제 가본 여의도는 젊음의
광장이었다.
가게마다 모인 사람들의 찻잔에 담은 이야기는
지난날의 여의도 섬을 알고 있을까?

눈물의 무명 베적삼

어머님 손끝은 쉴 날이 없으셨다.
날이면 날마다 들에 나가 농사일에 녹초가 되시고
밤이면 밤마다 물레질해서 무명실 뽑아 베틀에
올려놓고 날밤을 새우며 베를 짜셨다.
식구들 옷 만들어주시던 어머님 손끝이
자근자근한 쓰라림으로 내 가슴에 와 닿는다.
어린 시절의 어머님 모습이 역력하게 떠오른다.
나도 그때 그 시절 어머님 나이만큼이나 되었나 보다.
새벽에 잠 깨어 일어나 보니 물레 돌아가는 소리가
귓전에서 맴돈다.

숨 죽은 일요일

43년 동안 나가서 축구운동하던 내발산초등학교
운동장을 악의 코로나가 막아 문을 열어주지 않는다.
처지는 몸뚱이를 움직거려보지만 갈수록 무겁다.

살아온 길에서

부러질망정 휘어지지 않겠다.

1969년 서대문구 녹번동 시장 앞 부근이었다.

도원극장을 바라보고 우리 대륙철강사가 자리하고 있었다.

이북출신이신 문성수 사장님을 모시고 철근상회를 운영하였다.

어느 날이었다. 사장님께서 대방동 해군본부 앞 하천 부지 복개천에 철근을 납품하자 하셨다.

나는 즉시 거부했다. 서울 장안에서 난다 긴다 하는 회사들 모두가 철근값이 물렸다.

현장은 큰 공사였다. 그 많은 사기꾼이 순박한 우리 회사까지 손을 뻗쳤다. 나는 반대했다.

사장님은 교육자 출신이라 경험이 없었다.

총각인 나를 책임자로 두고 회사를 운영하셨다.

그런 분이 외무사원 친구의 말만 듣고 납품을 고집하셨다.나는 끝내 거부했다. 사장님이 손짓하며 "누가 사장이야?"

나도 소리쳤다. "사장님이 사장이지요."

"당장 나가! 건방지게 말을 안 들어."
"안됩니다. 납품하면 우리도 물립니다."라고 응수하고
나는 즉시 회사를 나가 버렸다.
내 숙소는 수색역 뒤 신사동에 있었다.
얼마 후 사장님이 찾아와서 다시 협상했다.
"회사는 사장님 회사지만 책임자는 나입니다, 나요."
사장이 모든 책임은 자신이 진다고 하고 납품하였다.
결국, 한 푼도 못 받고 그 길로 문을 닫고 말았다.
갈 데가 없는 나는 쓸쓸히 회사를 떠났다.
그 후로 생각을 바꿔 내 사업을 시작했더니 인생이
다시 바뀌었다.

부모님 생각

마음은 숨 죽어 흔들거리는데 봄비가 소리소리
노래를 한다.
밭에 나가신 어머님은 독새풀에 손끝이 터서 아리시고
삽을 들고 논에 나가시는 아버지는 보리논에 물길을
찾아 개를 치신다.
보고 자란 아들 녀석이 늙은이가 되었으니
그 시절 회상하며 내리는 봄비를 바라다본다.

사연

가슴속에는 눈물이 흘렀다. 배가 다른 형제들이라
차별을 받고 살았다. 어릴 때는 모르고 자라오다가
말귀를 알아듣고부터 눈치가 보였다.
그때 그 슬픔은 죽고만 싶었었다.
어째서 차별일까? 알 수가 없었다.
돌아가신 큰어머니 자식들은 대접을 받고 살고 후처로
들어온 자식들은 차별을 하였다.
사람들은 말한다. 본처·후처 차이라고.
첩의 자식도 아닌데 차별은 왜 할까?
철이 없던 어린 시절에는 가슴이 미어졌다.
천진난만하던 어린 시절에도 가슴속이 깊어만 갔다.
보는 눈빛들은 보는 이마다 차가워 보였고 가슴엔
눈물이 고였다. 끝없는 삶의 먼 길은 어둠뿐이었다.
기나긴 세월도 나를 지쳐 쓰러지게 하였다.
앞뒤 가리지 않고 열심히 땅만 보고 살아온
촌놈이었다. 살다 보니 서광이 비쳤다.
오늘 그 눈물들이 내 가슴속에 꽃이 되었다.

아버지와 약속

1988년 8월 추석 이틀 뒤 아버지는 저세상으로
떠나시고 1년도 안 되어서 구정이 돌아왔다.
선물을 사 들고 고향에 내려갔다.
1989년 구정 전날이었다.
들뜬 마음으로 큰형님 집에 도착하니 저녁 식사
중이었다. 그 순간 배가 다른 큰 형님이 소리를 질렀다.
당장 어머님을 모시고 서울로 떠나라고 하였다.
나는 저녁밥을 먹을 수가 없었다.
"형님 내일 아침에 설이나 쇠고 가겠습니다."라고
했다. 그래도 큰형님은 소리쳤다. 당장 가라고 했다.
다시 말했다. "오늘 밤은 잠이나 자고 가겠습니다."
라고 했다. 그 순간순간은 먹구름이었다.
나는 막내아들이다. 아버지가 운명하시던 날 밤
"현경아, 너 입만 다물어라. 그래야 우리 집안이
편안하다." 하셨다.
그 약속을 지켜 드려야 했다. 참고 또 참았다.
아침이 되었다. 나는 어머님을 모시고 일찍 큰형님
집을 떠났다.

서울로 올라오는 날은 장흥 장날이었다.
마음을 달래기 위해 잠깐 장에 들려서 강아지를
한 마리 사 들고 올라왔다.
그 옛날 내 가슴속에 충격이 요동쳤다. 참아야 했다.
아버지의 유언 약속을 떠올리며 3형제를 앉혀 놓고
"현경아 너 입만 덮어라. 그래야 우리 집안이
조용하다." 하시던 그 약속을 지금도 가슴에서
녹여내고 살아간다.

서울에서

이어진 삶이 주어진 운명이었다.
낯설고 환경도 다른 강서구 내발산동 아들 집에서
어머님은 잠을 설치셨다.
노인정에도 모시고 가보고 친구들도 사귀시었다.
집에 계실 때는 온종일 문밖에서 먼 곳만 물끄러미
바라보셨다. 고향이 그리우신 것이다.
돌아가실 때까지 한 번도 고향에 모시고 가지 않았다.
떠날 때 겪었던 심정 때문이었다.
어느 날이었다. 해마다 우리 동네 사람들이 봉천동에서
1년에 한 번씩 만나는 날이라 나는 어머님을 모시고
갔다. 평생을 보고 사셨던 분들을 처음 만나 보셨다.
어찌나 반가워하시는지 눈물이 앞을 가렸다.
반가움도 잠깐 몇 시간 만에 다시 헤어져야 했다.
그날이 돌아가실 때까지 마지막 만남이었다.
가슴이 미어졌다.
어머님을 집에서 모시다가 팔꿈치가 부러지셨다.
의사 선생님이 3년을 못사신다고 하였다. 골다공증
때문이라고 하였다. 그때 한 말이 맞았다.

잘 잡수셔도 소용이 없었다. 어머님은 1995년 음력
9월 6일 조용히 눈을 감으셨다.
영구차는 고향으로 내려가고 있었다. 삼라만상이
착잡하고 괴로웠다.
고향 마을 앞에 도착했다. 어머님이 평생을 사시던
집에 관을 모시고 들어가 보지도 못했다.
마지막 가시는 길에 집 한 바퀴 돌아 나오는 예의도
지키지 못했다.
동네를 잘 다니시던 길목에다 모셔놓고 조문을 받았다.
그리고 묘지로 떠났다.
관은 가벼웠다. 영구차 기사가 "이분은 평생 고생을
많이 하신 분"이라고 했다.

새록새록 떠오르는 어린 시절

봄이 오면 어머니를 따라 들에 나가서 누이들과 달래,
냉이와 쑥을 캐고 놀았다.
도랑에서 붕어와 미꾸라지도 잡았다. 모두가 옛
추억들이다.
우리 집 앞 묘지가 있는 곳 솔밭에는 봄이 되면
할미꽃이 피었다.
항상 같은 자리에서 나와 만났다. 동심의 그때를
지금도 잊을 수가 없어 재작년에 할미꽃 한 붓을
동촌의 동생 집에서 캐다가 우리 옥상에 심었더니
다음 해에 고개 숙여 피었다.
허리 굽어 밭매시던 어머님 얼굴을 보고
서 있는 것 같다.

제6부

아버지의 넋

시간은 기다려 주지 않고

부모님도 떠나시고, 형님들도 떠나시고, 막내인
나만 홀로 남아서 부모님의 제사를 모시고 있다.
지난날의 나를 구겨 놨더라면 지금 나는 후회했을
것이다.
아버지 말씀대로 집안의 우애를 지켜 왔으니 한 점
부끄럽지가 않다.
큰 형님도 저세상으로 떠나실 때는 나에게 따뜻하게
대해 주셨다.

내발산동 개발과 나

1976년 바삐 바삐 살던 때였다.
김포 들을 껴안고 있는 내발산동에 들어서니
논으로 둘러싸여 시골 모습이었다.
45년 전에 여기 와서 터를 잡았다.
논과 밭을 가르고 길을 닦다가 토박이들과 다툼도
많았다.
상·하수도도 놓고 포장도 하며 손수 뛰었다.
그 시절 젊은 날이 금방 금방 지나갔다.
쏟은 정성에 땅값도 많이 상승했다.
어렵게 살던 때였지만 셋방에 사시면서도 일을 함께
도와주시던 이웃분들 대부분은 멀리 떠나 버렸다.
손수 곡괭이와 삽을 들고 앞장서서 길 닦는데
도와주시던 그분들 지금은 어느 하늘 아래서 살고
있을까?
세월의 주름 속에 문득문득 그분들이 그리워진다.

쓰다 버린 몽당연필

43년 축구 인생 오늘도 새벽을 뚫고 발산초등학교
운동장을 뛰었다.
날이 밝아오면 운동장 바닥을 고르고 쓰레기도 주웠다.
여기저기 버려져 있는 동전과 몽당연필들을 주워
교단에다 올려놓으면 동전만 가져가고 연필은
찾아가지 않았다.
해마다 모아두었던 몽당연필들을 버릴 수가 없어서
내 책상에 모아두고 짧은 연필 깎아서 쓰니 나 어릴 적
생각이 떠오른다.
손안에 쏙 들어앉아 백지를 어지럽히면 작은 마음이
한 줄 두 줄 시로 변한다.
날마다 깎아서 쓰니 연필은 짧아져 가고 시는
점점 더 길어져 간다.

아버지 무명지 손가락

1975년경 뜬금없이 아침 일찍 아버지 전화가 왔다.
영등포역 앞이라고 하셨다.
전날 오후에 영산포역에서 목포발 완행열차를 타고
올라오신 것이다.
나는 국군수도통합병원 앞 삼거리에서 사업을 하고
있을 때였다.
얼른 택시를 타고 달려가니 역 앞에 혼자서 계셨다.
고맙게도 누군가 대신 전화를 걸어 주었다.
영등포역 앞에서 택시를 타는데 그만 내가 실수를
하였다. 아버지는 뒷좌석에 앉으시고 유리창 문을 꼭
잡은 손을 모르고 문을 닫자 아버지 무명지 손가락
끝마디가 짓눌려 버렸다.
피가 낭자했다. 아버지는 손가락을 꼭 쥐시고 괜찮다
하시고 어서 가자 하셨다.
그날을 잊을 수가 없다.
역전 삼거리 신세계 백화점이 바라보이는 건너편
모퉁이 2층에는 내가 가끔 다니던 한의원이 있었다.
고 박정희 대통령 주치의였던 이익순 원장이었다.

아버지를 모시고 그 앞을 지나오는 길은 마음이
착잡하였다.
그때 고향 집에는 전화가 없어서 미리 연락을 못 하고
올라오셨다.
얼마 전에 옥상 화분들을 계단 내로 옮기다가 무거워
내려놓던 중에 나도 무명지 손가락 끝마디가 눌려
다치게 되었다.
일하다가 아플 때마다 아버지 생각이 난다.

내 모습

글은 내 마음의 얼굴이다.
펜을 들기 전에 나의 마음을 돌아본다.
마음이 차분할 때 글을 쓰면 고운 모습으로 써지고
마음이 복잡할 때 글을 쓰면 두서없는 글이 된다.
기분 좋을 때 나들이하면 만나는 사람마다 반갑게
대하고 마음이 복잡할 때 나가 걸으면 어딘가가
어색하여 만나는 이들도 눈빛이 다르다.
이것이 우리가 사는 모습이 아닐까?

이용대 선생에게 묻는 안부

오늘도 병상에서 얼마나 고생하십니까
날마다 고통 속에 시간과 싸우시느라 힘드시겠습니다.
선생님이 나의 병상에 늘 오셔서 위로를 해주시던
그때가 생각납니다.
선생님 건강하세요.
빠른 쾌유를 빕니다.
마음이 편해야 회복이 빠릅니다.
삶의 여정을 티끌에 날려 보내시면 마음이 편해질
것입니다.
하루속히 쾌유를 빕니다.

날 좋은 날

오늘은 유난히도 날씨가 좋다.
맑고 청명하여 가슴이 탁 트인다.
바람이 산들산들 불어오고 매연도 없어 쾌청하다.
이런 날에는 허공에 마음을 띄우면 젊은 날
청운의 꿈이 다시 되살아난다.
한순간 순간마다 공백을 지우고 친한 친구들과
자그마한 식당에 앉아 소주 한 잔 들면서 잘 나가던
옛이야기 나누며 팔순 길을 서서히 걷는다.

인생무상

팔팔한 나이에 먼저 가신 이용대 선생님 그리도 연락
없으시더니 오늘 끝내 가셨습니까?
문우로 만나서 태백 천릿길 오고 가고 한마음 나누던
그 날이 그리워집니다.
당신 고향에 세 번 가보았지만 임은 나의 고향을
못 가보고 가셨습니다.
언젠가는 꼭 한번 가자던 선생님이신데 끝내
떠나셨습니다.
극락 천국에서 평안하시옵소서.
당신의 사랑 말씀 나의 자서전에 깊이 담아
두었습니다.
명복을 빕니다.

문우님 생각

맺은 문자로 인연이 되어 다듬어 주시던 그 사람
조금씩 주고받고 전화해 주시더니 꽃망울 터질 적에
떠나버리셨네.
강서구 등촌2동 갔다가 내발산동 왔다가 형제처럼
만났던 잊지 못할 고 이용대 선생
서투른 글자 펴주시며 길을 닦아 주셨던 선생
정이 깊어 잊지 못해 당신 고향 강원도 태백산 아래
가곡면 가곡천로도 찾아갔습니다.
아늑한 산 아래 6대가 살았던 그 집에서 92세 노모님
모시고 효도하시던 선생
나 병원 신세 질 적에 수도 없이 찾아오시던 그 정
못 잊어 오늘도 당신 생각에 이 글을 써 봅니다.

울타리 밖의 목소리

고향 집 우리 집은 초등학교 정문 앞에 있다.
날마다 학생들이 집 앞을 지나간다.
등교 시간이 가까워져 오면 뛰어 들어가고 시간을
알리는 종소리가 나면 조용해진다.
조잘조잘 말소리가 울타리 사이로 들려온다.
웃음소리 다툼 소리 욕하는 소리도 들려온다.
한참 동안 시끌벅적하다가 조용해지면 쟁기 지고
황소 앞세워 논 갈러 가는 아저씨 지나가고 머리 위에
간식거리 이고 아주머님도 따라간다.
올 농사 이야기하시며 웃음소리도 들려온다.
그 옛날 내 고향 기억들이 우리 집 울타리 사이로
들려오는 것만 같다.

빈 공간

2005년도에 준공이 나온 상가 건물을 16년 동안이나
사용을 하다가 5년 전에 옥상에 설치해둔 물탱크
사용을 금지했다. 수질이 나빠져서 직수로 사용하란다.
즉시 재시공하여 검사까지 끝마쳤다.
물탱크 있던 자리를 비워두기가 아까워서 나의 서재로
사용해왔다.
얼마 전에 구청에서 경고장이 두 번이나 날아왔다.
상수도법과 건축법이 어느 쪽이 우선인가?
행정의 모순을 개선하여 생겨난 건물 공간을 구청은
행정이랍시고 모순을 다시 자행하였다.
우리 옥상 녹화사업도 서울시가 권장해서 추가로
만들어 놓은 것인데 60여 평에 서울시가 2,500만 원
부담하고 건물주가 똑같이 2,500만 원 부담하여
녹지조성을 해 뒀다. 이것도 어느 날 갑자기 불법
건물이라고 건축물대장에다 빨간 줄을 쳐서
담당 직원이 들고 왔었다.
서울시 행정은 누가 운영하고, 구청 행정 책임자는
누구인가? 갈수록 가관이다.

토요일 오후

토요일은 즐거워 퇴근길이 북적인다.
코로나 유행으로 한동안 뜸했던 찻길이 생기를 얻었다.
얼어붙은 거리가 되살아나 활기를 보인다.
그러나 사람들은 거리두기를 하란다.
친구도 만나기가 서먹서먹하고 애경사도 다니기가
꺼려진다.
모처럼 만난 친구보고 자네 그동안 뭘 하고 지냈어?
서로 먼저 물어본다.
언제부터였을까? 우리는 옥상정원에 앉아 철쭉꽃,
라일락꽃, 꽃사과꽃 향기에 취해버린 이 자리가
명당자리 아닌가?

우리 선생님

인생길 걷다가 흑석동에 들어갔다가 모르는 사람들을
중앙대학교에서 만났다.
초등학교가 고작인 내가 행정대학원을 가보았다.
면접을 보는데 질문이 남달랐다.
직업도 봉사요 취미도 봉사라 했더니 (대학원 원장님 이하)
다섯 분의 교수님이 설명을 해보라 하셨다.
거침없이 답변해 드리니 합격이라 하셨다.
인생 공부 더하려고 열심히 다녔다.
쓰디쓴 삶의 형상들이 눈 앞을 가릴 때였다.
이석희 박사님과는 교단에서 맞이했다.
1년 동안 잘 마치고 동문회 회장도 해보고, 헤어진
뒤에 돌아보니 강서청소년회관 관장님으로 부임해
오셔서 우리는 의기투합했다.
나는 청소년회관 내에 최초로 열린예절학교를 열었다.
봉사활동으로 숙련이 된 나는 교장직을 맡고 후배들은
함께 뒤에서 도왔다.
예절 교육이 절실히 필요했다. 교육은 성공이었다.

전·후반 6개월 기간 각각 100명씩 12년 동안
2,400명을 가르쳤다. 큰 보람이었다.
열린 예절학교 이름은 이석희 관장님께서 명명해
주셨는데 어제 저녁에 갑자기 관장님의 전화가 왔다.

모래성 인생

바위들도 오래되면 부서지고
이내 몸도 나이가 드니 치아가 상했다.
손상된 치아 사랑에 몇 시간을 할애하니
옛날에 나 뛰어놀던 고향이 그립다.
철없던 나는 늙으신 부모님이 치아로 고생하실 때
치료 한번 못 해 드렸다.
가신 후에 생각하니 내 고통이었네.
시골의 환경이란 빈약하기만 하여
그럭저럭 참고 참고 버티면서 살았다.
이 세상 한 세상을 버티면서 살다 보니 여기저기
이곳저곳이 모래성처럼 무너진다.

아우들아 모여라

겁나게 만났던 우리가 싸게싸게 살다 보니 너도나도
주름이 졌구나.
젊은 날들은 홍수 따라 가버리고 들에 핀 무명초만
우릴 기다리네.
뛰놀던 논밭 둑에도 갯물 곳이 그대로 모여 자라고
삐비꽃들도 우리 손이 안 가니 활짝 피어 한들거리네.
어~야 어서 오소!
우리 함께 모여 옛적에 그 추억들을 한장 한장
열어보세.
그리운 시절 젊은 한때도 지워진 지가 언제이던가?
한 뼘짜리 고무신 들고 뛰놀던 그 시절 상기하면서
막걸리 한잔 마시며 먼저 간 친구들께 기도나 하세.

호흡기 내과에서

한참을 대기하고 기다리는 이 사람 누구인가?
병원 신세를 많이 져 본 자라 무덤덤하다.
이 세상 저 세상을 왔다 갔다 해봐서 거부감이 없다.
오늘따라 아침 날씨도 차갑고 바람까지 불어
봄 날씨가 썰렁하다.
기다리는 시간은 느리고 대기하는 시간은 지루하다.
금방이라도 비가 올 것만 같아서 우산이라도
챙겨올 걸 고민에 빠진다.

아버지의 넋

세월이 갈수록 아버지가 생각납니다.
앞마당 텃밭에 심어둔 작약꽃이 봄마다 피어나서
불효자는 그립습니다.
열 번을 보고 백 번을 봐도 아버지는 보이질 않네요.
나 어릴 때 작약 팔아서 책값 만들어주시고 뛰놀다
배고플 때 과자도 사주시던 아버지 작약밭 모서리마다
한붓한붓 가꾸시던 우리 아버지
그 꽃이 서울 아들 집에서 예쁘게 피었습니다.
어제는 한 송이 피고 오늘은 두 송이나 피었습니다.
아버지!

작은형님 마늘 장사

1967년이었다. 엄동설한을 이겨내면서 가꾸고 길러낸 마늘이 파릇하게 자랐다.

농촌에서는 마늘 벌이가 목돈이 되기 때문에 마늘을 많이 심어 겨울 동안 길러낸다.

어쩌다 곤자리 병으로 썩어서 몇 개씩 죽고 나면 약 80% 정도를 수확했다.

힘들어 가꾼 마늘을 장사꾼들께 팔면 한 접당 5,000원 소비자는 10,000원 정도라 한 푼이라도 더 받겠다고 트럭에다 한 차 싣고 비포장길 천릿길을 2~3일 걸려서 서울까지 올라왔다.

서울역 옆 염천시장에 내려놓으니 아무도 사 가지 않았다. 일주일이 지나고 보름이 되어도 사는 사람이 없었다. 숙박비와 식대는 늘어만 가고 하는 수 없이 반값에 팔아넘겼다. 뒤늦게 알고 보니 도매상인들끼리 짜고 한 사기술이었다.

시골에서 파는 값보다도 헐값으로 사 간 것이다. 농촌 사람들을 울리는 상인들의 농간에 탈탈 털리고 내려오니 집에서는 야단이 났다.

한 푼 더 받겠다고 서울로 싣고 올라간 우리 형님,
1년 농사로 비료 대금이며 인건비며 잡다한 경비들을
못 건졌으니, 지금도 그 시절 그날을 잊을 수가 없다.
시골농촌에서는 돈 한 푼 만들기가 여간 힘든 일이
아닌데 힘든 시기에 사기를 당했으니 1년 동안이나
견뎌내며 살아야 했던 우리 집 형편은 말이 아니었다.
부모님도 가시고 형님들도 가시고 오직 기억만 남아서
그날을 생각한다.

하나님 아시지요?

갑자기 방콕을 하라시니 못 살겠습니다.
하나님 1년 동안 사람들 많이 모이는 데는 가지 말라고
하셨으니 허송세월만 가버렸습니다.
하나님 1년 나이는 한 살 빼주셔야 합니다.
할 일도 못 하고 방콕으로 1년을 훌쩍 보내
버렸습니다.
사람들 나이 한 살씩은 꼭 빼주셔야 합니다.

코로나 예방접종

오늘이 만 65세부터 74세까지 코로나 예방접종
날이다. 여러 가지 백신 중에 우리는 아스트라제네카를
접종한다.
100년의 역사에 세계인들 모두가 백신을 접종하는
일은 처음 있는 일이다.
미리 대처하지 못해 수백만 명이 죽어가고 있다.
선진국이라고 자처했던 국가들이 무기는 앞서가도
백신은 무방비다.
코로나바이러스가 바닥으로 기어드니 신무기로도
막을 수가 없다.
미래의 전쟁은 이름 모르는 바이러스와의 전쟁일
것이다.
국력을 길러서 철저한 대비만이 우리가 살길이다.

코로나 예방접종 후

대기실에 앉아서 접종 후 30분이나 시간을 보냈다.
몸이 불편해지면 즉시 말하란다.
몸살기나 두드러기나 어지럼증이나 이상 반응을
관찰 중이란다.
30분이 지나도 아무런 증상이 나타나지를 않았다.
독감 예방 접종 때도 이러지는 않았다.
도대체 코로나가 뭐길래 세계인들이 난리인가.
의학이 하루빨리 길을 열어 개발한 약도 감추지 말고
약을 공유해야 서로가 사는 길이다.

더 원은 볼 수 없다

초판인쇄 · 2022년 5월 18일
초판발행 · 2022년 5월 25일

지은이 | 지현경
펴낸이 | 서영애
펴낸곳 | 대양미디어

04559 서울시 중구 퇴계로45길 22-6(일호빌딩) 602호
전화 | (02)2276-0078
팩스 | (02)2267-7888

ISBN 979-11-6072-099-0 03810
값 13,000원